一个孩子的诗园

A Child's Garden of Verses

〔英〕
罗伯特·路易斯·斯蒂文森
Robert Louis Stevenson
著

曾思艺
译

蒲海丰
校

山东文艺出版社

童心是太阳,为一切披上诗意的金辉
——《一个孩子的诗园》译序

在许多人眼里,罗伯特·路易斯·斯蒂文森(1850—1894)只是一个出色的小说家,他的小说《金银岛》《诱拐》《化身博士》乃至《新天方夜谭》早已译成中文,而且流传甚广,以致遮蔽了其诗歌方面的突出成就,往往让人们忘却其诗人身份。而我恰恰相反,机缘巧合,斯蒂文森首先是作为诗人进入我的视野的。那是在大学时代,作为热爱文学的中文系学生,年少的我正做着作家梦,除了完成老师规定的课业外,还挤时间废寝忘食地大量阅读各种书籍报刊,尤其是文学名著和文学刊物,狂热地练习写作。1982年12月,我在湖南省当时的重要文学刊物《湘江文艺》的第12期上读到了斯蒂文森的一首诗:

我要给你做玩具和胸针,让你高高兴兴,/用那晨鸟的歌和夜空中亮晶晶的星星。/我要造一座你和我住下来最合适的宫殿,/用那森林染绿的白天,也用那大海染蓝的白天。//我就在那儿烧菜做饭,你就在那儿铺床叠被,/那儿的河水闪着银光,金雀花开得正旺,/你洗你的衣裳,洗你雪白的身躯,/趁着早晨的雨水,趁着夜晚的露珠。//当我们身边没有人,这首诗就是我们的乐曲,

/唱起来恰到好处，听起来有难得的乐趣！/只有我才记得，只有你才爱慕，/那向前延伸的大路，那路旁的篝火。

自然又浪漫，清新而优美，生机盎然，富于情趣，既有人与人、人与自然的美妙和谐，又有灵动的想象，纯真的童心，一下子就把我迷住了！我当时就把它摘抄下来，而且很快就倒背如流。大学毕业后，经济稍微宽裕，为了教育弟弟妹妹，提高他们的文学修养，我经常给他们买一些世界文学名著，尤其是儿童文学名著。有次逛书店，发现了斯蒂文森的《一个孩子的诗园》，喜出望外，赶忙买下，先睹为快，一口气读完，使我对他的诗才更加钦佩：一个成年人竟然能把儿童的游戏、儿童的心理、儿童的想象、儿童的情趣写得如此生动、细致、形象，而又入木三分！正如《大不列颠百科全书》里指出的那样："《一个孩子的诗园》中的诗，表现出一个成人在重新捕捉童年的情绪和感觉时的异乎寻常的精确性。在英国文学中，这些儿童诗是无与伦比的。"

后来，我读到斯蒂文森更多的小说和散文作品，也慢慢较为全面地了解了作家的生平与创作情况。

1850年11月13日，斯蒂文森出生于苏格兰爱丁堡市一个建筑工程师的家庭。祖父和父亲都是土木工程师，在灯塔建筑方面颇有成就。1867年，斯蒂文森遵从父亲的意愿，进入爱丁堡大学学习土木工程。可他从小就十分喜爱文学，阅读了大量的文学名著，并开始练习写作。他后来曾回忆道："我整个儿童时代和青年时代一直在为一个目标忙着，那就是写作。我的口袋里总是装着两个册子,一本是阅读的书,一本是写作的本子。"因此入学不久,他便坚决向父亲要求改学文学,父亲没有同意,只允许他改学法律。他只能在学好法律的同时坚持文学创作,经常发表作品,并且小有名气。1875年,他大学毕业后成为一名律师,工作之余,仍大量进行文学创作。1878年,他出版第一本游记《内河航程》;第二年,又出版散文《驴背旅程》和《人与书散论》,产生了较大的影响。从此,他放弃律师业务,专门从事文学创作,短短的一生中留下了大量的散文、小说和诗歌。重要作品有:游记《内河航程》(1878)、《驴背旅程》(1879),小说《新天方夜谭》(1882)、《金银岛》(1883)、《诱拐》《化身博士》(1886)及其续篇《卡特琳娜》(1893)、《巴伦特雷的少爷》(1889),诗集《一个孩子的诗园》(1885)、《民歌》(1891)。1889年,斯蒂文森因病移居太平洋南部的萨摩亚群岛。1894年12月3日傍晚,年仅44岁的斯蒂文森因中风病逝在萨摩亚群岛的首都阿皮亚,并安葬在该岛能俯瞰太平洋的最高山上,墓碑上铭刻着他1879年亲自撰写的一首著名《挽歌》:

在那宽广高朗的星空下,/挖一个墓坑让我躺下。/我生也欢乐死也欢洽,/躺下的时候有个遗愿。/几行诗句请替我刻上:/他躺在他想望的地方——/出海的水手已返故乡,/上山的猎人已回家园。(屠岸译)

转眼之间,离我首次接触斯蒂文森将近三十年过去了,没有想到的是,我竟然成了《一个孩子的诗园》的翻译者！天津理工大学的著名儿童文学专家舒伟教授是我的好友，知道我平时酷爱诗歌——几十年来一直在读诗、写诗、译诗、研究诗，对我十分信任，委托我翻译这本著名的儿童诗集。看来，我跟斯蒂文森实在有缘！

在翻译这部诗集的过程中，深感这部儿童诗集的确名不虚传，写活甚至写绝了童心，让我这年近半百的人仿佛重回了美好的童年！

1880年，斯蒂文森与已有一子一女的美国妇女范妮·奥斯本结婚，并带范妮和继子劳埃德·奥斯本返回英国。他跟继子的关系十分融洽（很多年以后两人还合作创作小说），常给继子讲故事、读诗。据说，有一次，斯蒂文森读到凯特·格林纳威（1846—1901）的《给孩子的生日之书》，他说："这是不错的童谣，而且，我不觉得很难写。"随后，他果真灵感勃发，创作了一系列小诗，后来结集成《一个孩子的诗园》。

《一个孩子的诗园》分为四辑，第一辑"一个孩子的诗园"收入诗歌41首，第二辑"独自一人"收入诗歌9首，第三辑"花园里的时光"收入诗歌8首，第四辑"天使"收入诗歌6首，再加上诗集前面题献给坎宁安的献诗1首，整个诗集共包括诗歌65首。这65首诗，是典型的儿童诗，展示了一颗十分可爱的童心，把读者带回美好的童年。可以说，童心是太阳，为一切披上诗意的金辉！而这，正是这部诗集的突出特点，它大约包括以下四个方面。

一、可爱的童心童趣，把身边平淡无奇的事物变得新奇有趣。

首先，这表现为儿童的好奇，即用儿童的视角去看成人们司空见惯，甚至熟视无睹的事物，从而使这些平淡无奇的事物给人一种新奇的感觉，仿佛第一次见到一般。如《阿姨的长裙》："只要阿姨一走动，/裙子就会发怪声，/跟在身后地板鸣，/滚过房门向前行。"女性的长裙拖地，走过处窸窣有声，儿童深感新奇，觉得这声音十分奇怪，而且会跟着阿姨的裙子行走，走过地板，滚过房门。这种纯粹的儿童感觉，仿佛第一次见到听到某种事物一样，极富新奇感，使我们对裙子的移动也有了新的感觉。进而，作者由此放开眼光，或者展开想象，发现司空见惯的事物中蕴藏的盎然诗意和生动趣味。如《雨》写的只是成人们习以为常甚至感到厌烦的雨天，但在儿童眼中："雨儿滴滴答答，漫天飘洒，/飘进田野，洒入丛林，/淋湿了孩子们的伞花，/还有海船的船身。"孩童的视线超越了现实超越了眼前，转向天空，转向茫茫田野，漫漫丛林，乃至浩浩大海。他惊奇于雨的铺天盖地，自由自在——漫天飘洒，飘过田野，洒入丛林，甚至淋湿伙伴们的小伞和海上的船只。儿童的视角就这样赋予成人深感单调乏味甚至厌烦的雨天以清新的诗意。《夏天的太阳》更是由人们屡见不鲜的夏日太阳展开联想，写得兴味盎然：这太阳"洒下比雨丝更密的阳光"，即使把百叶窗拉下来闭拢了，他"还是能找到一两个细缝，/伸进他那金灿灿的手指"，他还能：

"钻过锁眼,爬进满是灰尘的顶楼,/让结满蛛网的阁楼欢乐闪耀";他透过瓦片的缺口,/冲倚着梯子的干草垛微笑",并且"他那金晃晃的脸庞,/在花园的每一个角落坦露",他"围着亮丽的天空散步,/逗孩子开心,给玫瑰染色",在孩子眼里,"他——是宇宙的园丁!"《我的影子》则把人所习见的影子写得趣味十足:"我走到哪儿他跟到哪儿",老是"粘着我",当我上床睡觉他甚至比我还先"跳上床",他的长大更是搞笑——时而像皮球"嘣"的一下长得老高,时而又小得看不见踪影……

其次,表现为儿童特有的情趣和易于满足。如《在海边》写的只是孩子们在海边沙滩上挖沙洞玩,但孩子自有孩子的乐趣和满足:"我挖的沙洞像空酒杯,/潮涨潮退,/杯中盛满了海水"。他发现自己挖的沙洞就像空酒杯,而涨潮退潮之后,杯中居然盛满了海水,这就像倒满了杯中酒一样使他很有成就感。又如《我的宝贝》写自己有几件宝贝:坚果、锡兵、哨子、一块石头和一把凿子,尤其是后两项,特别能体现不同于成人的童心和童趣:"在不知多远的地方,我们发现一块石头,/满身尽是白色、黄色、灰色的花纹;/即使又累又冷,我还是把它搬回家门口,/虽然爸爸不承认,但我认定它就是黄金。//我最后一件宝贝堪称王棋,/很少有孩子拥有这样的奇珍;/那是一把有柄和凿身的凿子,/是一个能工巧匠的作品。"一块布满各色花纹的石头,在儿童眼中就是黄金,尽管爸爸认定不是黄金,但这是孩子在远处独自发现,并且在又冷又累的状况下,好不容易搬回家里的,因此这石头就是他的宝贝。而那把凿子,因为是一个能工巧匠的作品,孩子更是认为它珍贵无比,就像棋中的王棋一样,堪称奇珍中的奇珍。

最后,是游戏的诗意。游戏是儿童的天性,也是儿童创造力的自我培养与初步开发,因此,童年离不开游戏,在游戏中最能体现童心和童趣,尤其是儿童那生动、丰富、充满诗意的想象。因此,诗集中有不少作品通过写儿童的游戏,展现了游戏的诗意。如《有趣的游戏》,写孩子们用卧室的椅子塞上"枕头芯子",就在楼梯上造成了船,带上一把锯子和几颗钉子,一桶清水,再加上"苹果和蛋糕",就可以驾船航海到下午五点钟。《床单国》更是生动有趣,本来,人病了容易情绪低落,尤其是整天躺在床上,更容易感到枯燥寂寞。好在儿童天性好玩,喜欢游戏,他很容易忘记病痛,沉醉于自己的游戏王国。这不,尽管他躺在床上,却依旧能找到游戏的乐趣。他把所有玩具都放在身边,坐在枕头堆的小山上,俯瞰山谷与平原,把整个床单变成了床单王国,自己当起了床单国的国王:时而让铅兵在被褥做的山林间操练,时而指挥舰队在床单做的大海里劈波斩浪,时而在床上建造一座座城市。《干草棚》则写了儿童在干草堆里的游戏。他们在干草堆起的山上尽情地攀上爬下,钻进钻出,并且为之富有想象力地命名:"清凉山""锈钉谷""老鹰峰""摩天岭",甚至觉得山里住的老鼠都没有自己这样快乐无穷。《进行曲》则生动活泼地表现了孩子们有组织有纪律地进行"战争":他们

"弹奏梳子发信号"，在玛丽·简的指挥下，把餐巾挂在竿子上当做军旗，勇猛冲锋向前，杀过整个村庄，打了一个大胜战，赢得了不少战利品。《秋千》也通过荡秋千的游戏，表现了儿童希望看到并了解更广阔的天地和世界的好奇心理。

当然，诗集还写了儿童特有的一些其他方面的心理。如《西北走廊》三首，就写了漆黑的夜晚，儿童要独自经过长长黑黑的走廊回到卧室睡觉，既深感害怕，又不乏男子汉气概，自己给自己壮胆，终于走回卧室，躺到温暖的床上。

二、天真的想象和幻想使平淡的生活富有生气。

儿童是最富于想象力的，他们天真的想象和幻想，使平淡的生活富有生气。这种想象和幻想包括以下几方面内容。

第一，对未知或神秘事物的好奇想象。如《花儿》，因为保姆告诉"我"，有些花儿的名字叫"园丁的吊袜带""牧羊人的钱包""单身汉的纽扣""小姐的罩衫""蜀葵花太太"等等，从而引发了抒情小主人公对未知神秘的奇想："美妙的仙境，神奇的东西，/野蜜蜂飞舞在童话的森林里，/每一棵树下都藏着一个小精灵——/这树一定就是精灵的名字！//小小树林的枝叶下面，/精灵在阴暗处织了所住房；/在小小的树颠，玫瑰或是百里香上——/勇敢的精灵正在爬向上方！"《镜子河》更是浮想联翩，使人分不清抒情小主人公究竟是面对一面镜子产生的神奇联想，还是面对现实中一条透明澄澈的小河展开的想象:"河水静静静静地涌流,/微光闪闪,荡着涟漪——/啊,多么洁净的石头!/啊,多么平静的小溪!//落花漂流,银鱼闪光,/河水像天空一样清澈——/啊,孩子多么希望,/能够住进这明河!//我们看到自己的小花脸,/在摇漾的河水里晃荡。/晃荡在宁静的深渊,/那里又阴又凉;/一阵风来,吹起了水波,/溅湿了貂儿,惊跳了鳟鱼,/涟漪层层远播,/转眼完全消失。/看河面波纹荡漾竞逐高下;/河底像夜晚一样黑暗重重,/就好像妈妈,/吹灭了灯!//耐心点,孩子们,只一会儿——/荡漾的水波就会平静;/溪水和小溪里的一切,/又会变得清澈透明。"《梦乡》更是想到了神秘而又奇特的梦中情景:那是只能独自前往的地方,有各种各样稀奇古怪的东西,"有的可口,有的漂亮"(这十分符合儿童爱吃爱美的天性),"还有许多奇异的可怕景象",更有醒来后记不太清楚的奇妙音乐。

第二,在游戏中展开想象。游戏不仅能锻炼儿童的动手能力,培养他们勇敢的品质,更重要的是能够放飞他们的想象,为日后的创造性劳动打下坚实的基础。如《海盗的故事》:"草地上,我们三个小伙伴,/划着篮子这条船在游荡。春天的风啊,轻轻地拂面;/摇摆的草啊,像起伏的海浪。//今天,我们要往哪里冒险进?/留心着天气,跟定启明星?/要不,去到非洲,任随船儿指引?/还是去普罗维登斯,马拉巴,或者巴比伦?//嗨!可是海上开来一支军舰,/是草地上哞哞直叫的牛群猛攻向前!/快!

赶快躲开它们，它们怒气冲天，/啊！园门是港口，花园是海岸。"在做游戏的儿童眼中，篮子成了航海的船，草地成了大海，摇摆的青草就像是起伏的海浪，花园是海岸，花园门是港口，他们要像哥伦布、麦哲伦那样，到遥远的美洲和亚洲去探险，哞哞直叫的牛群则是向他们猛攻的军舰。又如《积木城》："你会用积木搭建什么？/寺庙、码头、城堡和宫殿。/让雨一直下吧，让人们都外出，/剩我在家玩积木，美在心间。//把沙发当作大山，地毯当作海洋，/我为自己建造了一座城市：/城边是磨坊、宫殿和教堂，/还有海港，停靠着我的船只。//宏伟的宫殿，有柱子和围墙，/宫殿顶上再耸立一座塔尖，/楼梯台阶有序地铺装，/直到我的船只平静地停靠在海湾。//这条船在行驶，那条船已停航；/听，甲板上传来水手的歌声！/看，国王们在我宫殿的台阶上，/带着礼物和珍宝忙个不停！"抒情小主人公不愿外出游玩，愿待在家里玩积木，他把沙发当作大山、地毯当作海洋，由此展开想象：在海边建造一座城市，有磨坊、宫殿、教堂，还有海港。他的船队穿梭来往，有的出港，有的归航，国王们则带着礼物和珍宝在宫殿的台阶上奔忙。《看不见的玩伴》更是想象只要独自一人玩耍，就会有看不见的玩伴来陪伴。这类诗在诗集中颇多，出色的还有《我的王国》《我和我的船》等。

第三，根据已有的知识展开想象。这里，有基于文学著作和地理知识而展开的想象，如《旅行》就是如此。抒情小主人公希望动身远航，去到古希腊神话中长着金苹果的地方，去到笛福的长篇小说《鲁滨孙漂流记》中鲁滨孙流落的荒岛，去到《一千零一夜》中茫茫沙漠里有着清真寺、尖塔、花园和多彩货物的东方城市，去到万里长城围护的中国，去到烈日炎炎、到处是猿猴和可可树的非洲，去到有着满身鳞甲的鳄鱼和红色的火烈鸟的尼罗河，去到老虎栖身的原始森林，去到早已渺无人烟的古城……这里，也有根据历史故事和民间传说展开的想象，如《历史的联想》，抒情小主人公由吉姆叔叔所在的，那见证了历史血战的园地，展开联想，小主人公居然穿越到古代，和13世纪的苏格兰国王罗伯特·布鲁斯，14世纪瑞士民间传说中的英雄、瑞士反对奥地利哈布斯堡王朝统治的自由战士威廉·退尔一同去了遥远的西伯利亚，尽管一度受困于魔法师的魔法，他们被抓起来关入黑暗的地牢，但很快他们就冲了出来，策马长驱千万里，跨过高山，穿过森林，越过河流和海洋，终于来到了古巴比伦都城的城门前。

第四，孤独中的幻想。中国是一个重视群体、重视亲情的社会，几千年的传统，使人们普遍有一种趋众心理，害怕孤独，逃避孤独。其实，适当的孤独能使人摆脱尘世的喧嚣、莫名的烦恼，头脑清晰，思考深入，想象腾飞，神与物游，不仅有助于认清真正的自我，而且有益于提升创造力。因此，在某种程度上，真正的孤独不仅是对自我的确认，而且可以激发创造性成果的产生。成人们往往感到奇怪：为何儿童经常一个人能够玩得那么有滋有味，玩得那么入迷？这是因为儿童在游戏中并不感到孤独。首先，在儿童眼里,一切东西都能活起来,他并不是一个人在玩耍,而是和许多"有生命"的东西在进行交流。其次,即便他清楚自己是独自一人,他也不会觉得孤独,因为儿童在玩耍的时候,总会找到一个不存在的玩伴陪伴在自己的身边,一如《看不见的玩伴》写的那样,不论在家里还是在屋外,只要你独自一人,"他"一定会出现,"他"甚至会把你的所有玩具都"照顾"得十分周到。更重要的是,儿童往往会在孤独中尽情地沉迷于自己的幻想,不断地放飞想象,在联翩的幻想中其乐无穷。诗集中的这类诗歌不少。如《小人国》中抒情小主人公一个人在家坐着,深感腻味,但他找到了排遣孤独的最好办法:在想象的王国里自由飞翔。他在想象中漫游到十分遥远的仙境,那里住着许多小精灵,那里三叶草长成了大树,雨水积成的水洼就像是海洋,一张张树叶就仿佛一只只小船,于是他似乎也变成了小精灵,到处游到处走到处看,或者坐在酢浆草里,或者在一节一节草上越爬越高,或者乘上树叶小船,环游在水洼海洋。《炉火中的军队》更是在独自面对炉火时展开了离奇的幻想:"在火城熊熊的火焰中,/军队经过高楼和尖塔往前冲,——/我睁大眼睛仔细观看,/军队消失,光彩暗淡。//红光重又开始闪耀;/魔幻的城市再次熊熊燃烧;/沿着发烫的红色山谷,瞧!/魔幻的军队列队向前跑!"在抒情小主人公充满奇景的眼里,炉火中出现了"火城",还有"发烫的红色山谷",更有"魔幻的军队"在列队向前冲,经过高楼和尖塔,冲过红色山谷。《夜晚奇思》则是晚上独自躺在床上的奇思异想：当妈妈熄了灯后，一片漆黑，但孩子想象的眼睛却能真真切切地看见人们在举行大阅兵，军队、皇帝、国王，全都手拿各种各样的东西，在整整齐齐、威武雄壮地行进，甚至连各种野兽都排好队在向前走，而这比大马戏团的表演更好看。《刮风的夜晚》也是独自躺在床上，听着呼呼的大风而产生的幻想：那大风变成了一个骑马赶路的人，在万家灯火都已熄灭的深夜，骑着马在大路上不停地奔跃，飞一样疾跑过去，又飞一样往回奔驰，蹄声低沉又响亮。

三、儿童对规矩的不满与守规矩。

斯蒂文森生活与创作的时期，正值英国的盛世——维多利亚时代（1837—1901，即维多利亚女王统治的时期），这个时代被认为是英国工业革命的顶点时期和大英帝国经济文化的全盛时期。一方面，是物质生活的空前富裕，以致中上层阶级对于饮食非常讲究。他们从遥远的国度进口各种香料、调料，用来精心烹制食品，并且盛行下午茶，围绕着这种下午茶习俗，进而形成了多彩多姿的茶文化（诗集中一再写下午五点钟喝茶就是一个明证）。另一方面是社会风气保守，清规戒律颇多。儿童尽管有儿童的想象自由，但在现实生活中也有比成人更多的不自由，比如社会和成人给他们制定的许多规矩和限制。维多利亚时代由于清规戒律颇多，儿童受到的限制相对来说也很多。诗集中有不少诗歌真实地反映了这方面的情况。

开篇第一首《夏天在床上》写的就是天性好玩的儿童

对成人单调、古板甚至僵化的作息时间或制度的不满:"冬天,天还黑着我就得起床,/在昏黄的烛光中穿好衣裳。夏天,却是天还大亮,/我就不得不早早上床。//我只好趴在床上,/看鸟儿们在枝头欢跳,/听大人们的脚步山响,/一阵阵敲打我窗前的街道。//这是多么让人郁闷:/天蓝蓝,光皎皎,/我多想再玩一阵,/却偏偏让我上床睡觉!"冬天天还一片漆黑,睡得正香的孩童就得起床;夏天天色还亮,玩得正高兴的孩童却又不得不上床睡觉!这确实让孩童郁闷。好在孩童也有孩童的乐趣,他们可以趴在床上,"看鸟儿在枝头欢跳","听大人们的脚步山响,一阵阵敲打窗前的街道"。《睡前逃兵》进而写出儿童在不满之余稍稍出格的行动——悄悄跑出去做自己喜欢做的事情,看满天星星:"客厅和厨房灯火通明,/灯光透出栅栏和百叶窗;/头顶上高高的天空/上万上亿颗星星在闪光。/树叶成千上万,远没有星星多,/教堂里,公园内,人更是少于星星,/成群成群的星星低头望着我,/在黑暗中闪闪发光眨着眼睛。/天狼星,北斗星,猎户星,火星,/还有为水手们海里导航的星星……/挂在天上,闪烁晶莹,/墙边的水桶也盛着半桶水和星星。/大人们最后看见了我,呼喊着追赶我,/转眼就把我放到床上……"在应当睡觉的时间,孩童却被夜空的星星深深吸引,逃到外面,陶醉于低头望着自己、在黑暗中闪闪发光,好似眨着眼睛的上万上亿颗星星,最后被大人发现带回床上睡觉,尽管躺在床上,他仍旧觉得:"星光灿烂,还在我眼里扬起光波,/长长的星河,还在我脑海里荡漾……"

然而,在一个保守、守规矩的社会里,作为一个社会人,也必须遵守规矩,因此,诗集也对这方面有一定的展现。在《孩子的规矩》中强调小孩子应当永远讲实话,和人讲话,总要礼貌地回答,吃饭时也要有规矩;《规矩》更是写到,如果每天晚上守规矩做祷告,白天就能吃饱;如果每天白天守规矩,每顿饭后就能得到小小的奖赏——一个橙子。进而延伸:不讲卫生或者玩具和吃的多得没地方摆的孩子,要么他本人是个不听话的孩子,要么是他爸爸缺乏教养,糟糕透顶。《乖孩子》更是写出了一个注意风度(不讲脏话、总是微笑),表现优秀,同时又讲究卫生且不忘睡前祷告的守规矩的乖小孩形象;《好孩子坏孩子》进而在对比中提出好孩子与坏孩子的标准,好孩子"温顺又快乐""天真诚实""远离各种诱惑","满足于日常的饮食","性情愉快,总是笑吟吟",因为"古代的孩子们,就是这样长成君王和贤哲";坏孩子则"坏心肠""没礼貌""暴饮暴食",而且"吃个不停",动辄哭哭啼啼,是"流泪包",即使变老了,他们的晚辈也都要憎恨他。

四、纯真的感恩之心与爱心。

诗集中还有一项十分重要的内容,那就是表现儿童纯洁的感恩之心与爱心。诗集前面的献诗充分体现了诗人纯真的感恩之心。1885年,《一个孩子的诗园》出版,斯蒂文森把它题献给艾莉森·坎宁安。斯蒂文森母亲体弱多病,并遗传给了斯蒂文森,因此在他一岁半的时候,请来艾莉森·坎宁安为他做保姆。坎宁安是个虔诚的教徒,十分细心周到地照料他、关心他、抚慰他,并且经常给他讲苏格兰历史故事和民间传说,朗读故事书。斯蒂文森认为她比天使还有耐心,因此在成年后满怀感激之心,把诗集题献给她,感谢她:"带领我走过坎坷不平的大地;／为了你朗读过的所有故事书;／为了你安抚过的诸多痛苦;／为了你所有的怜悯,所有的担当:／那悲伤和快乐的过去时光……"并且极富博爱之心地衷心希望所有读过这本书的孩子都有这么一位好保姆。不过,纯真的感恩之心与爱心主要集中地表现在诗集的第四辑"天使"中。在这里,诗人充分表达了对于美好童年时代给自己带来欢乐与爱的人们的感谢之情,这些人包括小朋友威利、汉丽埃塔,诗人的母亲、阿姨乃至青梅竹马的童年女伴米妮。而普遍的爱心,比较集中地表现在《异想》一诗中:"这个想法令人欢畅:／全世界到处都是美味佳肴,／在每一个有基督徒的地方,／孩子们饭前都感恩祈祷。"这首诗在某种程度上接近我国诗圣杜甫《茅屋为秋风所破歌》中"安得广厦千万间,大庇天下寒士俱欢颜"的普遍爱心,希望全世界每个地方的儿童都能吃饱,都有美味佳肴。当然,作为基督徒,诗人也强调了基督教的礼仪——饭前感恩祈祷。其实,这种感恩祈祷也可以看作一种教育——从小就培养孩子的感恩之心。有感恩之心,人才会有爱心有责任感,才会懂得有收获必定要有回报。进而,让他们明白:这是一个息息相关互助互爱的世界，只有人与人相互关爱懂得感恩，甚至懂得感谢神乃至大自然，一个人才会活得有意义，活得有滋味！

由上可见，《一个孩子的诗园》的确是内涵丰富的儿童诗杰作，可爱的童心使我们品尝到难得的童趣与诗意。因此，完全可以说，童心是太阳，使它触及的一切都披上了诗意的金辉，使我们沉醉，令我们遐想，让我们回到美好的童年……

本诗集在翻译的过程中，曾参考过天津理工大学硕士研究生赵白鸽的译文，并借鉴了屠岸、方谷绣两位前辈的译文，从中获益良多，在此深表感谢。天津理工大学的蒲海丰博士对照原文，从头到尾校对了整部诗集，在此表示感谢。同时也十分感谢好友舒伟教授对我的信任！

曾思艺

献给艾莉森·坎宁安

——你的孩子敬献·ℐ·ℐ·ℐ·

为了那些不眠的漫漫长夜,
你把不值得护理的我护理;
为了你那双手——给我最大的慰藉,
带领我走过坎坷不平的大地;
为了你朗读过的所有故事书;
为了你安抚过的诸多痛苦;
为了你所有的怜悯,所有的担当:
那悲伤和快乐的过去时光,
你——我的第二个母亲,第一位妻子,
我婴儿时期的天使,我的保姆——
请从病孩(现在痊愈了但也老了)手里,
接受这本小书!

上帝,请让所有读过这本书的孩子
都能找到同样慈爱的保姆,
请保佑明亮温暖的童屋里
那听我诗歌的孩子,
都能听到同样温柔的朗读声音,
这声音曾使我的童年快乐无比!

罗·路·斯蒂文森

目　录

一个孩子的诗园

- 003　夏天在床上
- 005　异　想
- 006　在海边
- 007　夜晚奇思
- 009　孩子的规矩
- 010　雨
- 011　海盗的故事
- 013　陌生的地方
- 015　刮风的夜晚
- 017　旅　行

020　歌　唱
021　期　待
022　有趣的游戏
024　小船驶向何方？
026　阿姨的长裙
027　床单国
029　梦　乡
032　我的影子
033　规　矩
034　乖孩子
035　睡前逃兵
037　进行曲
039　奶　牛
041　快乐的想法
042　风
043　纪念磨坊
045　好孩子坏孩子
047　外国儿童
049　太阳的旅行
050　点灯人
052　我的床是条小船
054　月　亮

056　秋　千
058　起床时间
059　镜子河

061　魔法面包
062　从火车车厢观望
064　冬　天
066　干草棚
068　告别农场
069　西北走廊

独自一人

075　看不见的玩伴
077　我和我的船
079　我的王国
081　冬天的连环画
083　我的宝贝
085　积木城
087　故事书之乡
089　炉火中的军队
091　小人国

花园里的时光

097　黑夜和白天
101　鸟巢里的蛋
104　花　儿
106　夏天的太阳
108　哑巴兵
111　秋天的篝火
113　园　丁
115　历史的联想

天使

121　给威利和汉丽埃塔
123　致母亲
124　致阿姨
125　致米妮
129　致与我同名的孩子
131　致读者

一个孩子的诗园

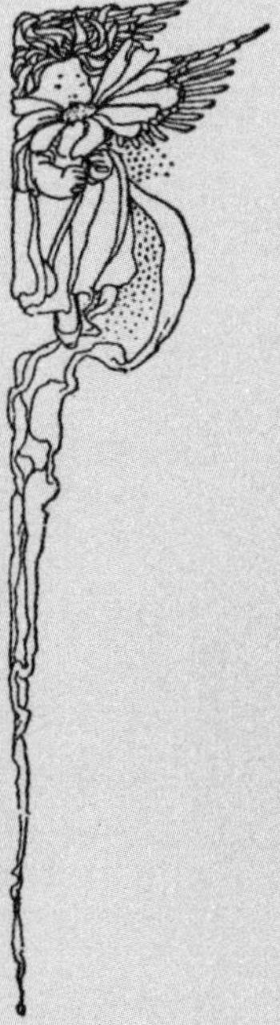

夏天在床上

冬天,天还黑着我就得起床,
在昏黄的烛光中穿好衣裳。
夏天,却是天还大亮,
我就不得不早早上床。

我只好趴在床上,
看鸟儿们在枝头欢跳,
听大人们的脚步山响,
一阵阵敲打我窗前的街道。

这是多么让人郁闷:
天蓝蓝,光皎皎,
我多想再玩一阵,
却偏偏让我上床睡觉!

这个想法令人欢畅:
全世界到处都是美味佳肴,
在每一个有基督徒的地方,
孩子们饭前都感恩祈祷。

异　　想

我来到海边，
伙伴们给我一把木铲，
　　让我挖沙滩。
　　　我挖的沙洞像空酒杯，
　　　潮涨潮退，
　　　　　杯中盛满了海水。

在 海边

夜晚奇思

当妈妈熄了灯,
整夜,整夜,
我都看见人们在阅兵,
像白天一样真切。

军队,皇帝,和国王,
全都拿着各种各样的东西,
他们行进得威武雄壮,
白天你从没看到过这种好戏。

就连草坪上的大马戏团,
也没演得这么好看;

我看见各种野兽各类人员，
全都整整齐齐列队走向前。

一开始，他们的动作有点慢，
后来，却越来越行走如风，
我紧挨着行走在他们身边，
一直到我们都沉沉入梦。

孩子的规矩

小孩子应当永远讲实话，
跟人讲话，要礼貌回答，
吃饭时，也要遵守规矩——
这是要尽量做到的基本礼仪。

雨

雨儿滴滴答答，漫天飘洒，
　飘进田野，洒入丛林，
淋湿了孩子们的伞花，
　还有海船的船身。

海盗的故事

草地上,我们三个小伙伴,
　　划着篮子这条船在游荡。
春天的风啊,轻轻地拂面;
　　摇摆的草啊,像起伏的海浪。

今天,我们要往哪里冒险行进?
　　留心着天气,跟定启明星?
要不,去到非洲,任随船儿指引?

还是去普罗维登斯①,马拉巴②,或者巴比伦③?

嗨!可是海上开来一支军舰,
　是草地上哞哞直叫的牛群猛攻向前!
快!赶快躲开它们,它们怒气冲天,
　啊!园门是港口,花园是海岸。

---

① 普罗维登斯,美国罗德岛州首府,大西洋海岸重要港口城市,以机器制造、纺织、石油加工、化学、橡胶等工业为主,以珠宝制品、餐具用银器、服饰用品著称。
② 马拉巴尔,印度地名,该地区有不少不朽的建筑遗迹,当地的菜肴更是久负盛名,被誉为烹饪的奇迹。
③ 巴比伦,这里指古代巴比伦王国的首都巴比伦城,在今伊拉克首都巴格达以南约90公里处,始建于公元前3000年后期。"巴比伦"本意为"神之门"。

陌生的地方

没有人敢像我一般,
爬到高高的樱桃树顶,
我紧紧地抱住樱桃树干,
张望着陌生地方的风景。

我看见邻居的花园,
灿烂着许多花朵,

还有更多好玩的地方,
我可从没见过。

我看见奔流的小河泛起涟漪,
倒映着蓝天,就像明镜;
满是灰尘的小路弯弯曲曲,
人们从这里走到另一个小城。

要是我能找出一棵更高的树来,
我就能看得更远,更远,
看到变宽的小河流入大海,
和海中的船只嬉玩。

看到另一头的马路,
远远地通向仙境,
那里,所有的孩子在下午五点钟吃饱喝足,
那里,所有的玩具都活跳欢蹦。

刮风的夜晚

和星星都已隐身,
　　大风呼呼地吹得来劲,
夜里黑乎乎湿漉漉,
　　有个人骑马在赶路。
夜深了,灯火都已熄灭,
　　他为什么还骑着马不停奔跃?

树枝儿啪啪直响,
　　船儿在海上晃荡,

蹄声低沉又响亮，
　飞奔在大路上；
飞一样疾跑过去，
　又飞一样往回奔驰。

旅 行

我就要动身远航,
去到长着金苹果的地方;

去到那里:上面是异国的天空,
下面是鹦鹉岛,横躺在海中;
鲁滨孙孤身一人在造木船,
只有葵花鹦鹉和山羊陪伴;

去到那里:那东方的城市,
沐浴着阳光,向四周延伸几十公里,

城里到处是清真寺和尖塔,
环绕它们的花园里全是细沙,
多彩的货物,来自四方五洲,
悬挂在集市上出售;

去到那里:万里长城围护的中国,
一边是扬起沙尘的沙漠,
另一边,是喧嚣的城市,
铃声叮叮,鼓声咚咚,人声嘻嘻;

去到那里:烈日炎炎的森林,
宽得像英格兰,高得像尖塔顶,
到处是猿猴和可可树,
还有黑人猎手的小茅屋;

去到那里:满身鳞甲的鳄鱼,
眨着眼睛,待在尼罗河里,
红色的火烈鸟,
把来到眼前的鱼儿一口逮到;

去到那里:到处都是原始森林,
吃人的老虎在这里栖身,
它们聚在一起侧耳细听,
提防着猎人靠近,
或是望着轿子里,
颠簸的路人经过林子;

去到那里:荒凉的茫茫沙地间,
矗立着一座古城,渺无人烟,
城里所有的孩子,不论贵族还是平民,
很久很久以前就已长成大人,
街上或屋里没有半个人影,
也没有孩子或是老鼠的一点动静,
当夜色轻轻摇漾,
整个城市看不到一星灯光。

等我长大了,我要去那里,
带着我的骆驼队去到那里;
在黑暗中点起火把,
照亮那些尘土飞扬的餐厅;
欣赏墙上的图画,
看英雄们,战斗,节庆;
还在一个角落里,
发现了古埃及儿童的玩具。

歌 唱

鸟儿歌唱满是斑点的鸟蛋,
　　还有树林里的鸟窝;
水手歌唱船上的船缆,
　　和扬帆出海的船舶。

遥远的日本孩子在歌唱,
　　西班牙孩子也歌声嘹亮;
风琴,随着琴师的手奏响,
　　在雨中不停地吟唱。

期待

等我长成大人,
我会非常强大、神气,
我要告诉别的男孩女孩们,
不要乱碰我的玩具。

有趣的游戏

我们用卧室的椅子,
在楼梯上造了只船,
船上塞满了柔软的枕头芯子,
我们就驾船破浪向前。

我们拿来一把锯和几颗钉,
带上装满清水的花园木桶;
汤姆说:"哦,瞧我这记性,

还得带上苹果和蛋糕才行。"——
这些就足以保证,
我和汤姆航海直到下午五点钟。

我们一整天驾着船朝前开,
玩得可真是开心;
可惜汤姆摔下来伤了膝盖,
就只剩下我独自一人。

小船驶向何方?

深棕色的河流,
　　金黄色的沙滩。
两岸的树木飞向身后,
　　小河不停地奔流向前。

绿叶在水上飘摇,
　　泡沫聚成一座座城堡,
我的小船在游荡漂浮——
　　哪里才是回家的路?

小河急急向前奔忙,
　　眨眼间流过磨坊,
它飞流下小山丘,
　　它直穿过山沟沟。

直流到河的下游，
　　一百公里或者更远，
一些别的小朋友，
　　会把我的船拉上岸。

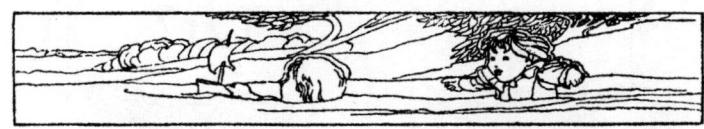

阿姨的长裙

只要阿姨一走动,
裙子就会发怪声,
跟在身后地板鸣,
滚过房门向前行。

床单国

当我生病躺在床上,
我在头下放两个枕头,
所有的玩具都放在身旁,
让我整天都乐悠悠。

有时花个把钟头,
我看着我的铅兵操练,
他们穿着各种制服甲胄,
行动在被褥的山林间;

有时,我指挥我的舰队,
在床单的大海里劈波斩浪;

或者，我挪开树木和营垒，
建造一座座城市，就在这床上。

我是了不起的好汉，
坐在枕头堆的小山上，
俯瞰着山谷与平原，
做好玩的床单国的国王。

梦 乡

白天一整天,从早晨到傍晚,
我都和小伙伴待在家里;
每天到了晚上我就离开家园,
到遥远的梦乡去游历。

我只能独自去往梦乡,
没有人告诉我该怎么办——
我一个人站在溪水旁,
或是爬上梦之山。

稀奇古怪的东西一眼在望,
有的可口,有的漂亮,
还有许多奇异的可怕景象,
直到早晨,一一展现在梦乡。

白天，我怎么努力，
也无法回到梦乡的疆界，
我也记不太起，
我在梦乡听到的奇妙音乐。

我的影子

我有一个小小的影子,我走到哪儿他就跟到哪儿,
　　他有什么用处,我可不知道。
他从头到脚和我几乎分毫不差;
　　当我跳上床,我看见他倒比我还先跳。

他是怎么长大的,最是好笑——
　　一点儿不像正常的孩子,慢慢长大;
有时他像个弹起的皮球一下子长高,
　　有时他又变得很小甚至完全找不见他。

他一点儿都不知道小孩子应该怎么玩,
　　就会变着法子把我捉弄;
他老是躲在我身后,真是胆小得可怜,
　　我要是像他粘着我那样缠着保姆,我会感到脸红。

一天早上,很早很早,太阳还没东升,
　　我起床发现每一朵金凤花上都有露珠闪亮;
但我懒惰的小影子,像只瞌睡虫,
　　在我身后还死死地睡在床上。

规 矩

每天晚上我做祷告,
每天白天我就能吃饱;
只要我每天都守规矩,
每顿饭后就能得到一个橙子。

脏兮兮的小孩,
玩具和食物多得摆不开,
他一定是个不听话的孩子,我保证——
要不,就是他的爸爸糟糕透顶。

乖孩子

天没亮我就醒来,一整天都欢天喜地,
我从不说脏话,只是笑吟吟地玩耍游戏。

现在太阳已落到树林后头,
我很高兴,因为我整天都表现优秀。

我的小床整洁,清爽,
我得上床睡觉,睡前祷告我不会忘。

我知道,明天我会看到初升的太阳,
我不会做噩梦,也没有可怕的梦中景象,

于是我一觉睡到大天亮,
听见画眉在草坪周围的丁香花丛中歌唱。

睡前逃兵

客厅和厨房灯火通明,
　　灯光透出栅栏和百叶窗;
头顶上高高的天空
　　上万上亿颗星星在闪光。
树叶成千上万,远没有星星多,
　　教堂里,公园内,人更是少于星星,

成群成群的星星低头望着我,
  在黑暗中闪闪发光眨着眼睛。
天狼星,北斗星,猎户星,火星,
  还有为水手们海里导航的星星……
挂在天上,闪烁晶莹,
  墙边的水桶也盛着半桶水和星星。
大人们最后看见了我,呼喊着追赶我,
  转眼就把我放到床上;
星光灿烂,还在我眼里扬起光波,
  长长的星河,还在我脑海里荡漾……

进行曲

弹奏梳子发信号!
　　冲啊,我们向前!
威利歪戴苏格兰帽,
　　约翰尼敲鼓声震天。

玛丽·简是总指挥,
　　彼得统帅后卫营;
列好队,机警而有神威,
　　人人都是掷弹兵!

兵强马壮,威风堂堂,
　　快步奔向前方;
餐巾挂在竿子上,
　　一面军旗在飘扬!

赢得了战利品,打了大胜战,
  简直是伟大的统帅!
围着村庄走了一整圈,
  现在我们应该回家来。

奶牛

温顺的奶牛全身红红白白,
　　我爱她,全心全意:
她尽心尽力给我牛奶,
　　就着苹果馅饼真是美滋滋。

她低声哼哼着到处漫游,
　　她却从来不会迷路,
她在户外清爽的空气里闲遛,
　　用快乐的阳光把全身洗沐;

任凭风儿阵阵吹刮,
　　任凭雨儿阵阵淋打,
她悠然自在,不惊不怕,
　　享用着青青草地上的鲜花。

快乐的想法

若世上的东西多如繁星,
我们铁定像国王一样高兴。

风

我看见你把风筝吹上高空,
我看见你把鸟儿吹向天穹;
我听到你在我周围飞跑,
像女孩的裙子掠过青草——
  哦,风啊,你整天不停地吹刮,
  哦,风啊,你的歌声传遍天涯!

我看到你做出了许多成绩,
可你总是藏起自己。
我感到你在推我,听见你的啸声,
可我却完全看不到你的踪影——
  哦,风啊,你整天不停地吹刮,
  哦,风啊,你的歌声传遍天涯!

哦,你那么强壮而又冰冷,
哦,风,你有多大年龄?
你是一只怪兽,活跃在田野和林中,
还是一个比我强壮的大顽童?
  哦,风啊,你整天不停地吹刮,
  哦,风啊,你的歌声传遍天涯!

纪念磨坊

越过边界——无法原谅的过咎,
　　我们拨开树枝,向前爬行,
翻过花园墙上的缺口,
　　我们沿着河岸一路向下冲。

这里是雷鸣轰轰的磨坊,
　　这里是大坝,翻腾着神奇的浪花,
这里是水闸,流水哗哗奔忙——
　　多么奇妙的地方,不过得赶快回家!

村庄里越来越安静,
　　山里的鸟儿也静默了歌声;
碾磨工的双眼满是灰尘,模糊不清,
　　磨的滚动声已使他的两耳变聋。

磨坊的轮子碾磨过奔流的岁月,
　　今天依旧在为我们不停地转动,
它还会永远泡沫四溅,转动不歇,
　　在我们走了很久之后轰轰雷鸣。

直到我们成了士兵和英雄,
　　从印度群岛,从海上,回到家乡;
我们仍然发现老磨坊的轮子在转动,
　　搅动河水,浪花飞扬。

你带着我们吵架时我给你的豆子,
　　我带着上周六你给我的弹珠,
过去光荣的一切都变成快乐的回忆,
　　我们把它铭记在心灵深处。

孩子啊,你还太小,
你的骨头还很嫩;
你要想长得壮实长得高,
你就得学会走路脚步稳。

你要温顺又快乐,
满足于日常的饮食;
你要远离各种诱惑,
做个天真诚实的孩子。

性情愉快,总是笑吟吟,
在草地上尽情玩乐——

古代的孩子们,
就是这样长成君王和贤哲。

那些坏心肠,没礼貌,
暴饮暴食,吃个不停的孩子,
他们永远别想得到荣耀——
他们完全是另一回事!

坏孩子,流泪包儿,
长大会变成笨鹅和傻瓜,
随着他们一天天变老,
他们的晚辈个个都憎恨他。

外国儿童

　　苏族①和克劳人②的印第安孩子，
　　寒冷北极的爱斯基摩娃娃，
　　土耳其和日本的孩子，
　　喂！你们不羡慕我吗？

　　你们见过红色的林苑，
　　见过大海那边的狮子；
　　你们吃过鸵鸟蛋，
　　扯过海龟的腿儿。

---

　　① 苏族是美国北部平原印第安人中的一个民族，原居北美五大湖以东地区，以从事农业为主。19世纪初，因遭到白人的压迫和屠杀而被迫西迁到大草原，后来又被殖民者赶到达科塔州贫瘠的印第安人保留地生活。
　　② 克劳人又称"乌鸦印第安人"，属北美大平原印第安民族，生活在黄石河及其支流一带地区，以野牛和马匹为重要生活来源。

这样的生活真是好，
可是不如我的快乐；
你们天天重复着单调，
厌倦了无法出门远行的生活。

你们吃的是稀奇的东西，
我吃的却是日常的菜饭；
你们只能生活在风浪里，
而我却安全地待在家里。

　　苏族和克劳人的印第安孩子，
　　寒冷北极的爱斯基摩娃娃，
　　土耳其和日本的孩子，
　　喂！你们不羡慕我吗？

太阳的旅行

晚上睡在床上休息,
太阳公公却还没有空闲;
他还在循着他的轨迹,
一天天不停地绕着地球转。

这里,是晴朗的天空,
我们在阳光灿烂的花园游逛,
而在印度,每个小瞌睡虫,
都被大人吻过后放到床上。

傍晚,我喝完下午茶,
大西洋那边已朝霞初起;
所有西方的孩子啊,
正在起床穿衣。

点灯人

我的茶点快好了,太阳也已西沉;
我从窗口看见李利经过的身影;
每天晚上喝茶的时候你还没坐稳,
他就拿着提灯扛着梯子沿街点灯。

汤姆想当司机,玛利亚想看海上日月,
我爸爸是个银行家,有花不完的钱;
可等我长大了,选择自己的职业,
哦,李利,我要跟着你在晚上满大街把灯
点燃!

我们很幸运,门前有盏灯,
他停下来点亮它就像点亮所有灯一般;
你拿着提灯扛着梯子,别匆匆前行;
哦,李利!请朝这个小孩点点头,并看他一眼!

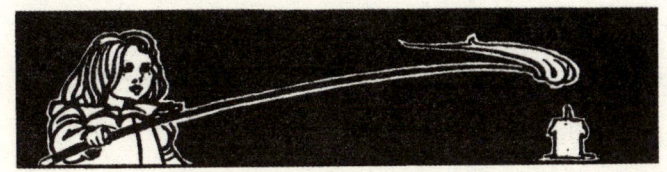

我的床
　　是条小船

我的床啊，是条小船；
　　保姆助我进入船舱；
她给我一身水手打扮，
　　送我黑夜里驾船启航。

我登上小船，
　　对岸上的朋友道声晚安；
我闭上双眼，扬帆远航，
　　什么也不听什么也不看。

有时，我像水手一样周到，
　　把一些东西放进床里：
也许是一块婚礼蛋糕，
　　也许是一两件玩具。

我们整晚在黑暗中泛舟；
　　一直开进了白天，
我发现我的船靠着码头，
　　已经安全地抵达房间。

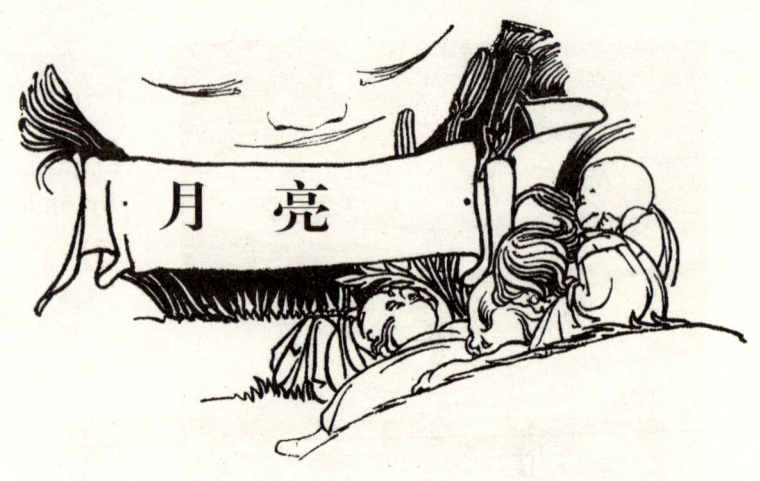

月亮

月亮的脸像走廊里的钟;
她照着爬到花园墙上的小偷,
照着树杈上的小鸟沉沉入梦,
照着大街,田野和港口的码头,

喵喵叫的猫儿,吱吱叫的老鼠,
屋外门前汪汪叫的狗狗,
整个白天睡懒觉的蝙蝠,
都喜欢在盈盈月光下出来闲遛。

可是属于白天的一切,
全都依偎在一起呼呼沉睡;
花朵和孩子们闭眼安歇,
直到早上迎来太阳的光辉。

The moon
has a
face like
the
clock in
the hall;

秋 千

你可喜欢荡秋千,
　　飞身直上蓝晶晶的天?
哦,我觉得这事最好玩,
　　所有孩子应该都喜欢!

荡过围墙,荡上天空,
　　视野变得无比宽广,
我看见河流、牛羊和树丛,
　　茫茫无边的大农场——

我再低头看,看见绿艳艳的花园,
  还有棕色的房顶——
我又向上荡上蓝天,
  荡上落回,在空中反复穿行!

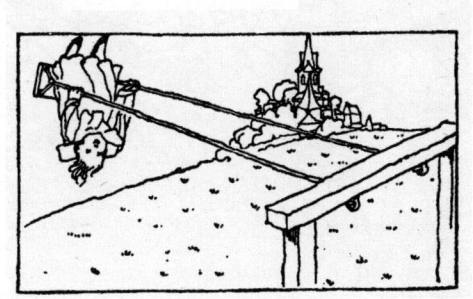

起床时间

黄嘴巴的小鸟,
在我窗台上跳,
歪着亮晶晶的眼睛闹吵吵:
"懒虫,真不害臊!"

镜子河

水静静静静地涌流,
　　微光闪闪,荡着涟漪——
　　　啊,多么洁净的石头!
　　　啊,多么平静的小溪!

　　落花漂流,银鱼闪光,
　　河水像天空一样清澈——
　　　啊,孩子多么希望,
　　　能够住进这明河!

我们看到自己的小花脸,
　　在摇漾的河水里晃荡。
　　晃荡在宁静的深渊,
　　　那里又阴又凉;

一阵风来，吹起了水波，
　　溅湿了貂儿，惊跳了鳟鱼，
　　涟漪层层远播，
　　转眼完全消失。

看河面波纹荡漾竞逐高下；
　　河底像夜晚一样黑暗重重，
　　就好像妈妈，
　　吹灭了灯！

耐心点，孩子们，只一会儿——
　　荡漾的水波就会平静；
　　溪水和小溪里的一切，
　　又会变得清澈透明。

魔法面包

到这来,脏脚丫!
吃块魔法面包吧。
在我隐居的小屋里,
　孩子们,你们尽情吃,

坐在金黄的扫把上,
　安享松树树荫的阴凉;
等你们都吃好啦,
我们一起来讲故事听童话。

从火车车厢观望

比精灵还快,比巫婆更急,
穿过桥梁和房屋,篱笆和沟渠;
就像作战的军队,一路冲锋前进,
穿过草地马群和牛群:

一座座山岭，一片片平原，
像暴雨一样急飞不见；
一次次，眨眼间，
鸣笛驰过花花绿绿的车站。

这里有个小孩爬去爬回，
孤零零地在采摘黑莓；
这里有个流浪汉，站着在张望；
那边有成串成片的雏菊盛开在草场！
这里马路上跑着马车，
载着人，也装满了货；
这里有个磨坊，那边有条小河；
一切转眼就一去不返地闪过！

冬 天

冬天的太阳也赖床,
又冷又热的瞌睡虫;
只有一两个钟头闪金光,
然后就像橙子一样血红。

星星还在天空闪烁,
我就起床,在黎明的黑暗里,

光着身子,直打哆嗦,
在冰冷的烛光下洗澡穿衣。

我紧挨着欢乐的炉火坐好,
让我那冻僵的身子回暖;
或是驾着驯鹿坐着雪橇,
去门外更冷的地方探险。

出门前,保姆把我严严实实
裹在围巾和帽子中,
寒风在脸上火辣辣地痛击,
还夹着雪粒子吹进我的鼻孔。

银色的草地上留下一串黑色的脚印;
大风把我呼出的凉气吹向云霄;
冻住的山岭湖泊,房屋树林,
全都像是大大的结婚蛋糕。

干草棚

令人愉快的整个草场，
　　芳草萋萋高过肩膀，
挥动镰刀，银光闪亮，
　　遍地割草随地晒晾。

绿油油的青草清香绵绵，
　　装上马车运回庭院；
在院中堆成一座高山，
　　让登山队员尽情爬攀。

这里有清凉山，锈钉谷，
　　那里是老鹰峰和摩天岭——
山里住的老鼠，
　　哪会像我这样快乐无穷！

啊，爬山多开心，
　　啊，这里真好玩；
空气中满是草香和灰尘，
　　多么快乐的干草山！

告别农场

接人的马车终于还是来了；
焦急的孩子们赶忙上车，
抛着飞吻，歌声绵绵：
再见，再见，这里的一切啊，再见！

再见，房屋和花园，田野和草坪，
还有我们骑着玩的牧场大门，
再见，水泵和马棚，大树和秋千，
再见，再见，这里的一切啊，再见！

祝你们永远平安大吉，
哦，干草棚门前的梯子，
哦，干草棚，你结满了蜘蛛网，
再见，再见，这里的一切啊，再见！

马鞭声啪啪响起，我们走了；
树和房子渐渐变小；
最后，转过树林歌声飘传：
再见，再见，这里的一切啊，再见！

西北走廊

1. 晚安

屋里点起明亮的灯光，
黑漆漆的时光又开始进站；
笼罩着屋外的旷野和小巷，
神怪出没的夜，再次回还。

我们看着小小火焰，
在壁炉里渐渐熄灭光华，
我们经过时被火光照亮的脸，
就像窗玻璃上的一幅幅油画。

我们真的要上床睡觉？
那么，让我们起身，像大人一样，
勇敢向前胆气豪，
走过黑黑的长廊爬上床。

晚安，哥哥，姐姐，老爸！
晚安，炉火前快乐的伙伴！
晚安，你们的歌声和童话！
晚安，我们明天再见！

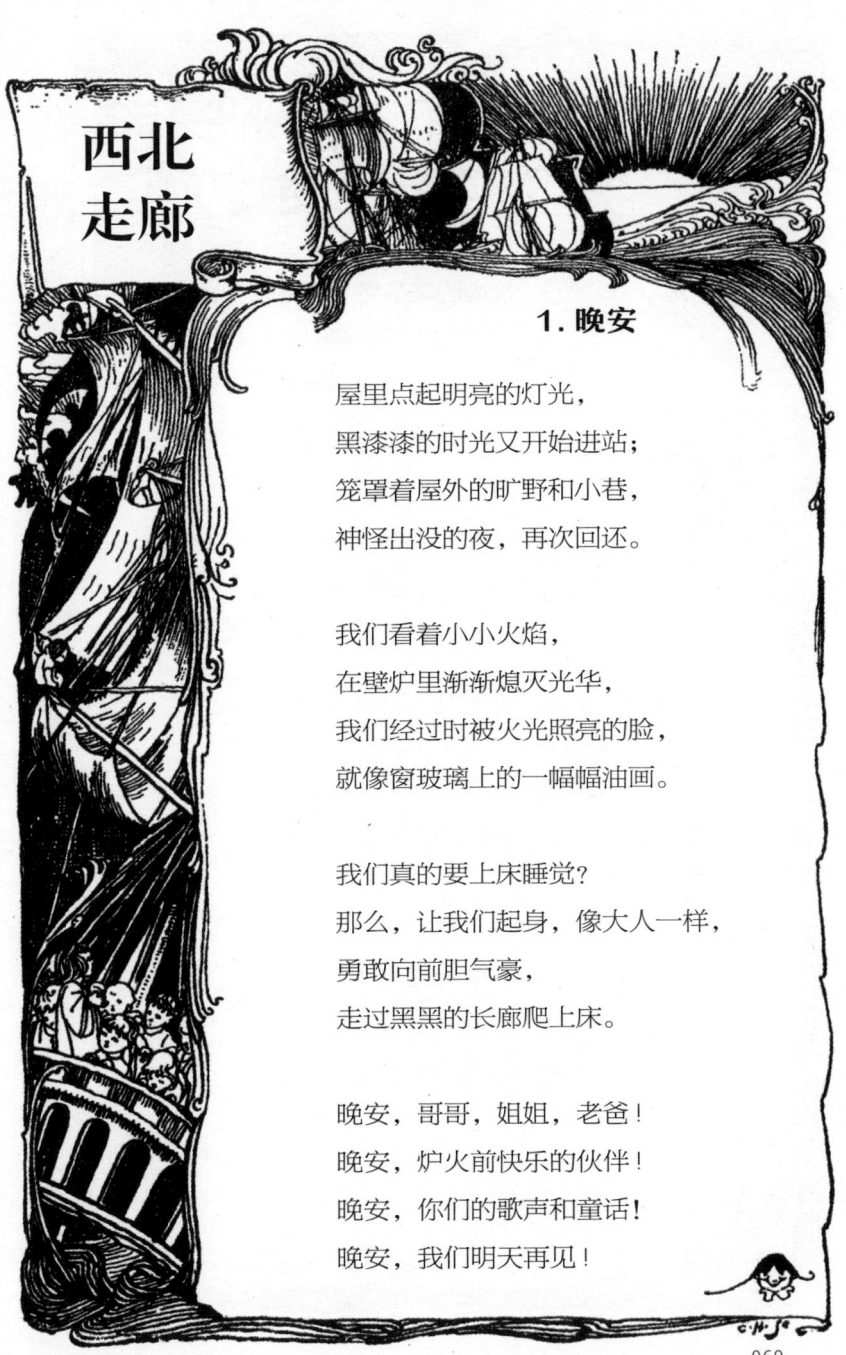

2. 影子游行

房子四周是黑漆漆的夜:
　　他透过窗上的玻璃往里张望;
他躲避着光,老在墙角里踅,
　　他随着烛光的移动而奔忙。

我的心像小鼓咚咚狂跳,
　　随着我头发里妖怪的呼吸;
变形的影子围着蜡烛舞蹈,
　　沿着楼梯向上爬去。

护栏的影子,灯的影子,
　　小孩子的影子爬上床——
所有淘气的影子都在来来去去,
　　黑漆漆的夜罩在头上。

西北走廊

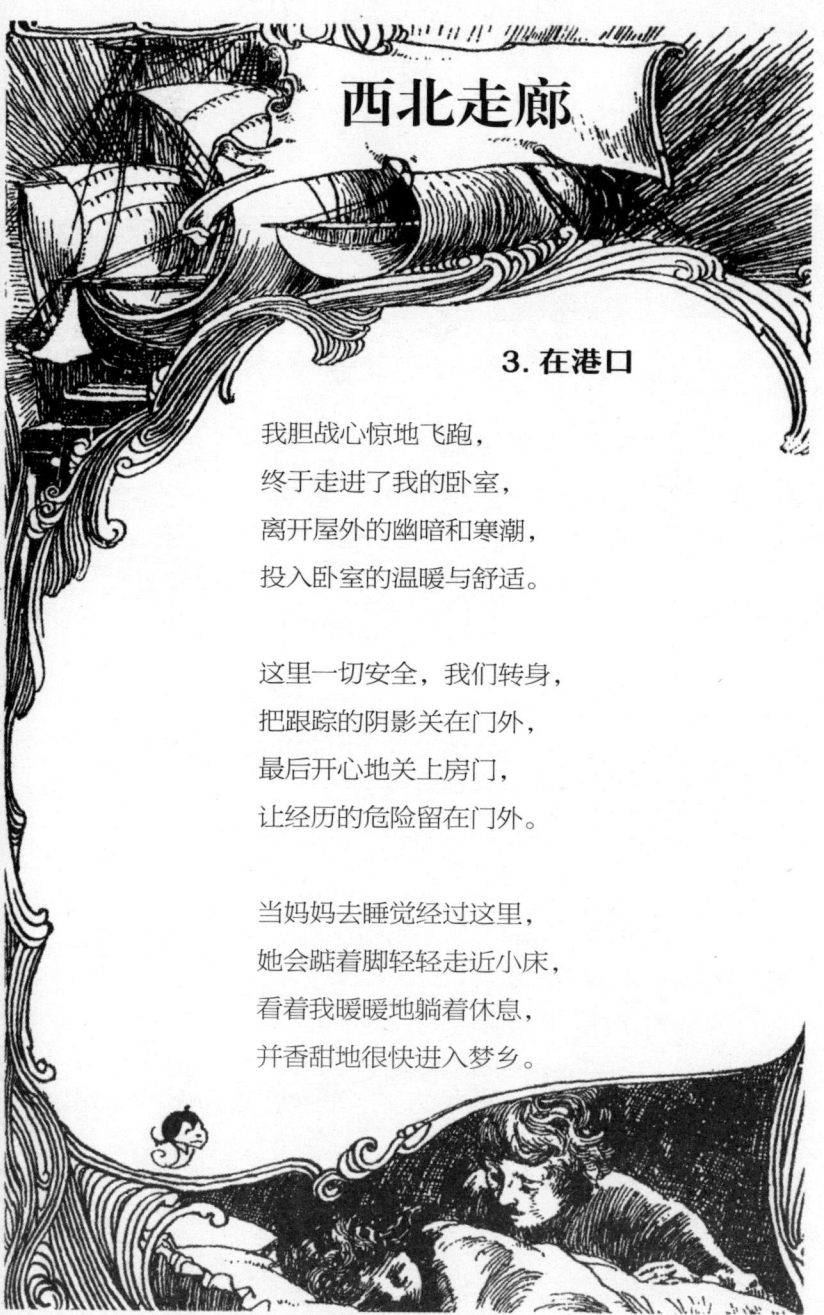

3. 在港口

我胆战心惊地飞跑,
终于走进了我的卧室,
离开屋外的幽暗和寒潮,
投入卧室的温暖与舒适。

这里一切安全,我们转身,
把跟踪的阴影关在门外,
最后开心地关上房门,
让经历的危险留在门外。

当妈妈去睡觉经过这里,
她会踮着脚轻轻走近小床,
看着我暖暖地躺着休息,
并香甜地很快进入梦乡。

独自一人

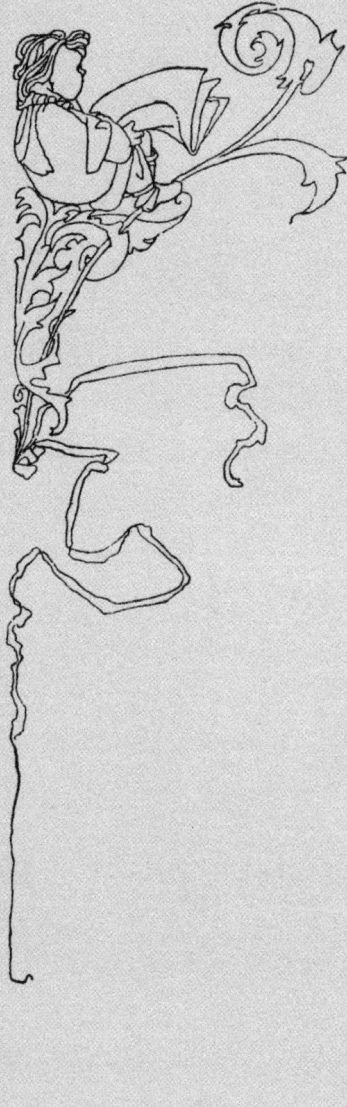

看不见的玩伴

当孩子们自个儿在草地上玩,
看不见的玩伴就会来到跟前。
当孩子们快乐、孤独、温顺,
孩子们的玩伴就会走出树林。

没有人听得到他,没有人看得到他,
他的面容,你永远无法描画,
但是当孩子们高高兴兴一个人玩,
不论在家里还是在屋外,他一定出现。

他躺在月桂树梢,奔跑在草地上,
你碰响玻璃发出悦耳的叮当声,他就歌唱;
不管什么时候,只要你没来由地满心欢畅,
孩子们的玩伴就一定在你身旁!

他喜欢细小，讨厌庞大，
他能在你挖的沙洞里住下；
你玩锡兵①让两军交锋，
他会带着法国兵②永远只败不胜。

当你晚上上床睡觉，
他哄你入睡，平息你心潮；
不管你的玩具在哪儿，柜子里或架子上，
他都会独自一人把它们照顾周详！

---

① 锡兵：一种西方国家常见的玩具，著名童话作家安徒生以此为题材，著有童话《坚定的锡兵》。
② 大概因为19世纪中后期以来，拿破仑一世败于俄国，拿破仑三世又败于德国，法国一败再败，所以作者这里写法国兵永远只败不胜。

我和我的船

哦，我是这条洁净的小船的船长，
　我驾着小船，航行在小小的池塘；
我的小船在池塘里打着圈儿轻漂；
可是当我长大一些，我就会找到那个法宝，
　怎样让我的小船出海远航。

我想小得像玩具水兵一样，
　我希望玩具水兵活过来坐在驾驶舱；
让他在身边帮助我，我出海航行，
在水上破浪向前，吹着清凉的风，
　我的船儿划呀划呀，奔向前方。

不一会儿,你就看见我在急流和芦苇间航行,
　　你会听到船头破浪的哗哗水声;
玩具水兵陪在身边,伴我探险远航,
登陆玩具水兵从没来过的海岛,
　　在船头让价值一分钱的大炮轰鸣。

我的王国

顺着清亮亮的小溪,
我发现一片小小的森林谷地,
　它高不过我的头顶,
到处是石楠花和金雀花,
在夏日里绽放满谷云霞,
　有的金灿灿,有的红彤彤。

我把池塘叫作大海;
我把小山坡看成大山脉;
　因为我是那么小的孩子。
我造了一条小船,建了一座小城,
我搜遍所有的石洞,
　一个一个地给它们起好名字。

我宣布,我主宰这里的一切,
包括天上飞的小麻雀,

还有塘里游的小鲦鱼①。
我是这里的国王;
蜜蜂为我嗡嗡歌唱,
　　燕子为我表演翩翩舞姿。

这里有最深的海洋,
和最宽广的平原,
　　我是这里唯一的国王。
最后,到了傍晚,
从屋里传出妈妈的呼唤,
　　叫我回家吃饭。

我只好起身离开我的谷地,
离开我波光粼粼的小溪,
　　离开我的石楠花丛,
唉!当我靠近家门,
我眼前的保姆变成巨人,
　　房子也那么庞大,那么阴冷!

---

①　鲦鱼,硬骨鱼纲,鲤科。又称白鲦、鰺鲦、鰺。体细长,侧扁,背部几成直线,侧线在胸鳍上方急剧向下弯曲,至臀鳍基底后方,又弯向上方至尾柄中央,腹部略凸,头尖,略呈三角形。体背部淡青灰色,体侧及腹部银白色,体长约 16 厘米左右。几遍中国各水系。淡水中上层鱼类。

冬天的连环画

夏天早已远去,冬天降临大地——
寒冷的早晨,冻麻的手指,
窗前的知更鸟,冬天的白嘴鸦,
还有一本本连环画。

河水变得像石头一样坚硬,
我和保姆都能在上面走动;
我们仍能找到流动的小溪,
就在那一本本连环画里。

所有漂亮的东西都已画全,
就放在孩子们的眼前,
羊儿和牧民,树林和牧羊人的曲柄杖,
全装在连环画里。

所有的事物，我们都一览无余，
远近四方的海洋和城市，
飞舞着的精灵的面容，
全藏在一本本连环画中。

我该怎样歌唱来赞美你，
这炉火边快乐的日子——
安心坐在幼儿室的角落里，
在连环画中迷失自己。

我的宝贝

鸟窝后面，藏着我的坚果，
我所有的锡兵也躺在那里休息；
坚果是我和保姆秋天的收获，
就在海边那泉水叮咚的树林里。

我们吹的哨子（声音多么美妙！）
那是在场地边缘的田野，
用悬铃木树枝和我的小刀——
我的保姆独自帮我把它做熨帖！

在不知多远的地方,我们发现一块石头,
满身尽是白色、黄色、灰色的花纹;
即使又累又冷,我还是把它搬回家门口,
虽然爸爸不承认,但我认定它就是黄金。

我最后一件宝贝堪称王棋①,
很少有孩子拥有这样的奇珍:
那是一把有柄和凿身的凿子,
是一个能工巧匠的作品。

---

① 在国际象棋中,任何一方的兵冲破重重障碍,走至并停留在对方底线,即变为王棋,王棋的走法与只能前进的兵不同,它可以前进,可以后退。这里用来形容宝贝的珍贵。

积木城

你会用积木搭建什么?
寺庙、码头、城堡和宫殿。
让雨一直下吧,让人们都外出,
剩我在家玩积木,美在心间。

把沙发当作大山,地毯当作海洋,
我为自己建造了一座城市:
城边是磨坊、宫殿和教堂,
还有海港,停靠着我的船只。

宏伟的宫殿,有柱子和围墙,
宫殿顶上再耸立一座塔尖,
楼梯台阶有序地铺装,
直到我的船只平静地停靠在海湾。

这条船在行驶,那条船已停航;
听,甲板上传来水手的歌声!
看,国王们在我宫殿的台阶上,
带着礼物和珍宝忙个不停!

瞧,我建好了。任它去吧!
整个城市哗啦倒地。
一块块积木东倒西搭,
还剩什么,我海边的城市?

像以往那样,我又一次见到它,
教堂和宫殿,船只和居民,
只要我活着,不论我在哪儿,
我都会把我的海边城市铭记在心。

故事书之乡

傍晚,灯已点亮,
爸爸妈妈坐在火炉边;
他们在聊天、歌唱,
什么游戏也不玩。

而我带着木枪,
顺着墙在黑暗中爬行,
就在沙发的后方,
找到了一片森林。

在晚上,没人会发现,
我躺在猎人的帐篷里,
排演我读过的故事书,
直到要上床休息。

这里是小山,那里是森林,
这里是星野,荒凉又寂寞;

那里是小河波光粼粼,
咆哮的狮子常来河边解渴。

我看到远处有人影显现,
就好像躺在有灯的帐篷里,
而我就像印第安密探,
悄悄侦察他们的踪迹。

当保姆进来把我找到,
我穿过大海回到家中,
当我上床睡觉,
还回头望望我亲爱的故事书领空。

炉火中的军队

街上的路灯一路闪亮；
落下的脚步轻轻地响；
蓝天慢慢暗淡无光，
夜色笼罩着花园的树木和围墙。

外面现在正下着霜，
红红的炉火火红了空房：
天花板看起来真暖和，
书脊上有红光在闪烁。

在火城熊熊的火焰中,
军队经过高楼和尖塔往前冲,——
我睁大眼睛仔细观看,
军队消失,光彩暗淡。

红光重又开始闪耀;
魔幻的城市再次熊熊燃烧;
沿着发烫的红色山谷,瞧!
魔幻的军队列队向前跑!

闪光的灰烬,请对我说实话,
这些军队到底要去哪儿?
你炉子里燃烧着塌毁的火城,
它到底叫什么名称?

小人国

我一个人在家坐着,
感到腻味多多,
我只能闭上双眼,
到天空去游玩——
漫游到十分遥远的地方,
来到欢乐的游戏之乡;
漫游到遥远的仙境,
那里住着小精灵;
那里三叶草长成大树林,
雨水积成的水洼似海深,
一片片树叶,像一只只小舟,
在水面轻轻漂;
雏菊上空,
　穿过草丛,
高高飞过一群大黄蜂,
　留下一片嗡嗡。

在那片树林前后左右,
我可以四处游,我可以到处走;
可以看到蜘蛛和苍蝇,
看到蚂蚁排着队前行——
背着东西,抬起小脚,
穿过草坪和长满绿草的街道。
我可以坐在酢浆草里,
瓢虫就在这里栖息。
我可以爬上节节草,
　　越爬越高,
看见硕大的燕子,
　　在天空飞驰,
圆圆的太阳慢慢滚过,
一点儿都没注意到这么小的我。

我穿过那片森林,

直到像是对着一面明镜,

我看见嗡嗡的苍蝇和雏菊,

我看见小小的我自己,

被脚下的水洼,

映得清晰如画。

水里的树叶要靠岸,

漂向我站着的地方,

我立马登上这条小船,

环游在这水洼海洋。

体贴的小精灵,

坐在绿茵茵的海滨;

小东西睁着可爱的眼睛,

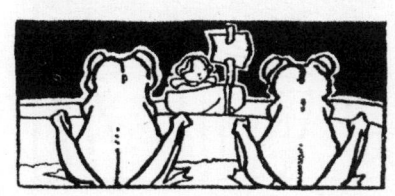

惊奇地看着我航行。
有些穿着绿色的盔甲
（准是要去武装征伐！）；
有些打扮得五彩纷呈，
黑亮亮红艳艳金灿灿蓝莹莹；
有些拍拍翅膀飞快地飞过；
但他们全都性情温和。

当我重新睁开眼睛，
所有的东西都看得分明：
粉墙高得吓人，地板宽得难受；
抽屉和门上都是巨无霸的把手；
椅子上坐着巨人般的大人，
在缝缝补补，引线飞针，
（衣服上的皱褶都是我能爬上的小山），
一面没完没了地瞎聊天——
　　哦，老天，
　　我的心愿
是做个水手，航行在水洼海洋，
做个登山者，攀爬在三叶草树上，
一直到深夜才回到家中，
趴在床上，睡成瞌睡虫。

花园里的时光

黑夜和白天

金灿灿的白天结束了，
　大门已经关闭，
孩子和花园，阳光和花朵，
　都已销声匿迹。

漆黑的影子缓缓降临，

光线越来越暗,
夜晚的斗篷漫漫飘萦,
　一切都沉入黑暗的深渊。

花园昏暗了,雏菊合上花苞,
　床上的孩子,都在睡觉——
萤火虫在大路上飞绕,
　老鼠们在木堆间蹿跳。

黑暗中房子亮悠悠,
　爸爸妈妈拿着蜡烛在走动;
可黑夜拧开卧室的门把手,
　把一切都变得黑蒙蒙。

终于,黎明飞降,
　　东方一片火红;
篱笆和荆豆树上,
　　鸟儿从梦中睡醒。

黑暗中所有东西的形状:
　　房屋,树林,篱笆……
渐渐清晰,麻雀展开翅膀,
　　在窗框上轻轻拍打。

这会把打着哈欠的女仆吵醒;
　　她会打开园门——
看见花园里草木上露水盈盈,
　　清晨已来临。

我的花园重又绽开笑颜,
　　交织着青草绿和玫瑰红,
奇异得就像昨晚,
　　它在窗外消失无踪。

昨晚,花园像个玩具,
　　被锁进了箱子,
现在它沐浴着阳光熠熠,
　　显得分外亮丽。

每一条小路每一块土地,
　　每一抹玫瑰的红艳,
每一撇勿忘我的蓝丽,
　　都有露珠静静躺在上面,

"天亮了",他们高叫,"快起床!
　　在微笑的山谷上:
我们敲响了晨鼓,
　　小伙伴啊,快加入我们的队伍!"

鸟巢里的蛋

整个夏天，

　　鸟儿们拍翅唧唧歌唱，

飞舞在花棚一般

　　月桂树织成的帐篷上。

在月桂树的枝杈，

　　筑着一个棕色鸟巢；

里面窝着鸟妈妈,
    正在孵着四个蓝色的蛋宝宝。

我们站着观测,
    像傻瓜一样盯着巢内,
安安稳稳睡在蛋里的,
    是鸟妈妈的四个心肝宝贝。

他们很快就会纷纷
    啄碎脆薄的蛋壳跳进巢中,
让四月的树林,
    充满了歌声。

尽管这些雏鸟
    比我们幼小更比我们脆弱,
但它们很快就会飞得高高,
    成为蓝天的歌唱家和旅行客。

我们,年纪更大,
    身子更壮更高,

我们再不能像傻瓜
　　低头看巢里的小鸟。

他们将歌声嘹亮，
　　展翅飞向蓝天，
在山毛榉的上方，
　　高高地盘旋。

尽管我们是万物之灵，
　　冰雪聪明，妙语连珠，
可我们却只能步行，
　　用两只脚走路。

花 儿

这些花名是保姆告诉我的:
园丁的吊袜带,牧羊人的钱包,
单身汉的纽扣,小姐的罩衫,
还有蜀葵花太太。

美妙的仙境,神奇的东西,
野蜜蜂飞舞在童话的森林里,
每一棵树下都藏着一个小精灵——

这树一定就是精灵的名字!

小小树林的枝叶下面,
精灵在阴暗处织了所住房;
在小小的树颠,玫瑰或是百里香上——
勇敢的精灵正在爬向上方!

大人们的大树林确实好,
可这里的树林最最奇妙;
要是我不长这么高,
便一辈子住在里面乐逍遥。

夏天的太阳

伟大的太阳,金光灿灿,
安静地游在天上;
在蓝晶晶的白天,
他洒下比雨丝更密的阳光。

即使我们把百叶窗拉紧,
让客厅把阴暗和凉爽保持,
他还是能找到一两个细缝,
伸进他那金灿灿的手指。

他钻过锁眼,爬进满是灰尘的顶楼,
让结满蛛网的阁楼欢乐闪耀;
他透过瓦片的缺口,
冲倚着梯子的干草垛微笑。

同时他那金晃晃的脸庞,
在花园的每一个角落坦露,
他那温暖又闪亮的目光,
直透进常春藤深处。

飞过海洋,飞过山河,
他围着亮丽的天空散步,
逗孩子开心,给玫瑰染色,
他——是宇宙的园丁!

哑巴兵

草地早已被细心地修剪,
我独自一人走在上面,
我在草地上发现一个小洞,
就把一个士兵藏进这洞中。

春天飞快赶来,雏菊花怒放;

草儿青青遮住了我藏兵的地方；
草儿长成一片绿色的大海，
绿浪滚滚漫过我的膝盖。

他孤零零地躺在草丛下面，
瞪着呆滞的双眼望着天边，
红色的制服，尖利的枪，
正对着星星和太阳。

当青草长得像成熟的庄稼一样，
大镰刀再次被磨得锃亮，
当草地重被剃得平整，
就会看见我的小洞。

我会找到他，不必忧心忡忡，
我会找到我的掷弹兵；
可是不管怎样来来去去，
我的士兵都哑默无语。

这个小东西，他栖息
在春天芳草萋萋的树林里；

要是他实话告诉我他的奇遇,
那一定和我的想象完全一致。

他见过繁星满天的夜晚,
看过花儿朵朵绽放的笑颜;
他看到过一群群精灵,
嬉戏在森林般的草丛。

万籁俱寂中他听见,
蜜蜂和瓢虫的交谈,
当他独自躺着的时候,
蝴蝶在他头上的草丛漫游。

不管他知道些什么,
他一个字都不说。
我只好把他放上书架,
自己替他编一个童话。

秋天的篝火

飘过人家的花园,
　飘过山谷上空,
瞧,一缕缕轻烟
　升自秋天的熊熊篝火!

快乐的夏天已远逝云霄,
　似锦繁花已纷纷凋萎,
红红的篝火熊熊燃烧,
　一缕缕青烟随风飘飞。

请歌唱一年四季!
　每一季都有自己的风情!
夏天,鲜花遍地,
　秋天,篝火熊熊!

园 丁

园丁总是默默无语,

老是让我走石子路堤;

当他放好工具,

就锁上门带走钥匙。

一排红醋栗后的远处——

只有厨师可以去那儿,

我看见他在奋力挖土,

苍老而严肃,黧黑又高大。

他栽种绿花红花蓝花,

别指望他会搭理你。
他割完草,又去种花,
好像永远都不玩游戏。

多傻的园丁!夏天已远走高飞,
冬天踮着脚悄悄降落,
花园的花草纷纷凋萎,
你只得放下你的手推车。

趁现在还是夏日盛景,
这是收获的黄金时光!
哦,你会多么聪明,
要是你跟我玩印度人打仗!

历史的联想

亲爱的吉姆叔叔,现在你
抽着烟散步的这片园地,
见证了不朽的战绩,
勇士们的血战,有失败也有胜利。

我们最好踮着脚造访,
才能够安全前行,
因为这是有魔法的地方,
谁乱闯谁就会长睡不醒。

这里是大海,这里是沙滩,
这里是淳朴牧人的天地,
这里有争艳的蜀葵花,
还有阿里巴巴的岩石。
但是,瞧那边!远远的高地,

是天寒地冻的西伯利亚；
我和威廉·退尔①还有罗伯特·布鲁斯②，
在那里受困于魔法师的魔法。

很快，我们就被戴上枷锁，
投入寒冷的地牢，漆黑一团；
我们终于站起身来，奋力挣脱，
我们的铁镣断裂成两半。

城里所有的号角都呜呜吹响；
所有的巨人都跨上战马，
马蹄嘚嘚，刀剑铿锵，
跟在我们身后，跃过金雀花。

我和伙伴们骑马飞奔，
跨过青黛的高高山脉，
跨过鞑靼强盗出没的森林，
跨过银色的河流，喧嚣的大海。

---

① 威廉·退尔是瑞士民间传说中的英雄，是 14 世纪瑞士反对奥地利哈布斯堡王朝统治的自由战士。退尔是一个神箭手，哈布斯堡王朝的重臣盖斯勒刁难退尔用箭射下儿子头上的苹果，他准确地射下了。后来，目睹了盖斯勒的种种罪行之后，退尔射死了盖斯勒，这便成了瑞士人民起义的导火线。

② 罗伯特·布鲁斯（1274—1329），苏格兰国王，曾经领导苏格兰人打败英格兰人，赢得苏格兰民族独立。在位期间，开明公正，在人民中享有极高的威望。

我们跃马长驱千万里，
冲过女巫的小巷，
挥舞刀剑，策马飞驰，
驰过山腰，涉过浅滩。

最后我们勒住缰绳，三人都疲惫不堪——
我们从马背跳到草地上，
刚好是喝下午茶的时间，
我们站在古巴比伦都城的城门旁。

天使

给威利和汉丽埃塔

如果有两个人能看到
这些关于昔日美好时光的歌谣,
吟唱我们在屋子和花园里的种种游戏——
我的小兄妹,那只有你俩会百感交集。

你们和我在花园的草地上嬉戏,
你们一会儿是国王和王后,
一会儿又变成猎人,士兵,水手,
扮演成千上万种角色,挥洒自由。

  如今,我们端坐在大人的位子,
  安安静静地休息,
  从窗户的栅栏里,
  看孩子们,我们的继承人游戏。

  "岁月永逝。"白发人感慨,
  语气中深感一切不再;
  但是那冲决一切、迅飞疾驰的时间,
  却把爱留在了人寰。

致母亲

我的母亲,请您也读读我的诗篇,
为了对那难忘岁月的爱恋,
说不定您会再次听到,
孩子的小脚丫沿着地板飞跑。

致阿姨

　　"我们阿姨们的头头!"——这不只是我,
还是你所有孩子们的呼声——
　　"以前的孩子做了些什么?
没有你,我们的童年会是什么光景?"

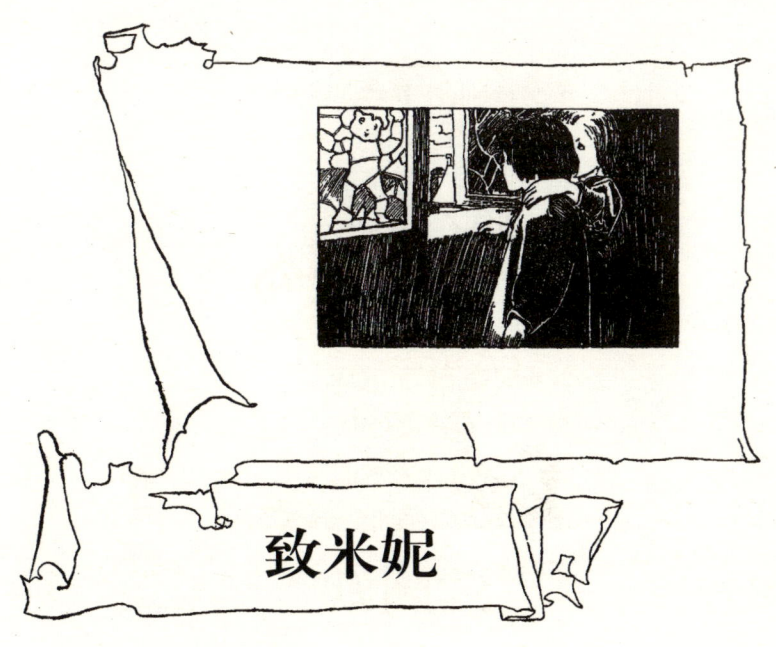

致米妮

有张大床的红房间,
只有大人睡在里面;
我和你在的小屋子,
我们两人躺在一起,
我天真地握住你的手求婚,
希望有一段和美的婚姻;
最好的宽大儿童间,
墙上贴着一张张照片,
还有叶扇张开的百叶窗——
在这房间里醒来,心情欢畅,
听枝繁叶茂的花园摇晃,
在风中沙沙作响——
我们舒舒服服地躺在床边,

看着头顶的一张张照片——

有塞瓦斯托波尔战争①,
城墙上大炮张嘴露狰狞,
勇士们攀着云梯爬上城墙,
有疾行的船只,咩咩叫的羊,
快乐的孩子们笑嘻嘻,
趟过没过脚踝的小溪:
这一切转眼间都烟消云散,
而今牧师的住宅也迥异当年;
它的面貌已焕然一新,
保护着陌生的一家人。
小河,流过一座磨坊又一座磨坊,
穿过我们童年静静的花园;

---

① 塞瓦斯托波尔总面积 770 平方千米,是当时俄罗斯的重要港口和海军基地。塞瓦斯托波尔战争指的是 1854 年 9 月 25 日—1855 年 9 月 8 日,在克里米亚战争期间,俄国军队在塞瓦斯托波尔(俄国黑海舰队的主要基地)同英法联军进行的著名防御战。尽管英法联军在军队、火炮的数量及武器质量上远胜俄方,但俄军却坚持苦战 349 天,表现了出色的战斗素质和高度的爱国精神。

但是，啊！我们再也不是小孩，
不会再去闸口看河水奔泻下来！
那边依旧挺拔的紫杉树下，
我们飘渺的声音还在空中萦挂，
仿佛我们还在花园里玩耍，
我能听到那叫喊的童音：
"还有多远啊，到古巴比伦？"

啊，亲爱的，很远，
离这里很远，很远，——
不过，你早已去过更远的地方！
"我能不能去到那里，用蜡烛照亮？"
又是老掉牙的调子。
我不知道——或许你可以——
但是，孩子们，请听明白，
啊，那可是一去永不回来！
毫无疑问，永恒的黎明，
将会升起在山川平原上空，
熄灭漫天星光和烛光点点，
在我们又变年轻之前。

我跨洋过海，把这些诗句
投寄给远在印度的你，
不管远隔千里或万里。
我们谁都无法忘记

那印度柜子，
羚羊的骨头，信天翁的长翅[①]，
色彩斑斓的鸟儿和豆子，
小帆船，手镯，念珠，屏风，
一个个神像和神圣的钟，

还有巨大的海螺，发出深沉的嗡嗡！
客厅的地板平展展，
那是温馨可靠的苏格兰海岸；
只要我们爬到椅子上，
就可以看见艳丽的东方！
这可算作天方夜谭；
我依旧在客厅，
米妮就在我头顶
精巧的印度柜子中！
她亲切优雅地笑逐颜开，
给我够不着的书架增光添彩。
亲爱的，请伸出你的小手，
把老朋友的这些歌谣接受。

---

① 信天翁，鸟纲，信天翁科。大型海鸟。体型大的种类可达 1 米以上。鼻孔都呈管状，左右分开。长年累月在海洋上空驾风戏浪，像滑翔机在海面翱翔，优游自在，偏爱狂风巨浪，不喜欢风平浪静，因为失去了风，它们那巨大的翅膀便会感到飞行困难。

致与我同名的孩子

1

总有一天,这本诗集会送到你
手里,
让你用适当的速度阅读,小路易
斯·桑切斯,
然后,你会发现,很久以前,你的名字,
被英国书商印在书上,在伦敦人尽皆知。

东方与西方会合在这繁忙的大都市,
英国书商印出了每一个小小的字词;
那时你还太小,不会思想,不会游戏,
遥远的外国人却已在想念你。

是的,当你熟睡在摇篮,英国的每一个角落,
有多少小宝宝手中拿着这本诗册;

在大海的另一边,孩子们在自己家里发问:
"谁是小路易斯,妈妈,能不能告诉我们?"

2

现在你写完作业,把它放下,出去娱乐,
寻找蒙特利①沙滩上的海藻和贝壳,
看见巨大的鲸鱼骨,被海风掀起的沙子埋葬,
看见小小的鹬鸟,茫茫无边的太平洋。

在你玩的时候,当海上的浓雾把你罩住,
尽管你还不能读懂这些诗,但别忘记我的嘱咐;
几乎有半个世界,当你脑子里什么也不想时,
有人在想念蒙特利海滩上的路易斯!

---

① 蒙特利是美国加利福尼亚州西部洛杉矶县的一座城市,位于太平洋海岸,旧金山湾区南方。1850年建县,现为蒙特利公园城市,这里有连绵的海岸线、梦幻般的迷雾和广阔的大陆、干燥的气候。20世纪80年代,大量台湾移民迁入蒙市,因此被称为"小台北"。20世纪90年代,该市成为全美国第一个华裔人口过半的城市。21世纪初期更超过洛杉矶华埠成为洛杉矶都会区最大的华人定居点。该地有世界闻名的蒙特利湾水族馆和著名的圆石滩高尔夫球场。

致读者。

就像你妈妈从房间里看见
你在花园的树林间游玩，
如果透过这本书的小窗，
你也定会看见
另一个小孩，在很远很远的地方，
在另一个花园里，玩得正欢。

但是，不要以为你敲敲窗，
轻轻一声呼唤，
那孩子就会听见。
他把心思全放在游戏上，
他听不到，也不会看，
他不会被这本书吸引。
因为，说实话，很久以前，
他就已经长大，远离家门，
而这只是一个孩子的幻影，
在那座花园里飘萦。

图书在版编目（CIP）数据

一个孩子的诗园／（英）罗伯特·路易斯·斯蒂文森著；曾思艺译. —济南：山东文艺出版社，2018.6
ISBN 978-7-5329-5634-0

Ⅰ.①一… Ⅱ.①罗… ②曾… Ⅲ.①儿童诗歌—诗集—英国—近代 Ⅳ.①I561.82

中国版本图书馆 CIP 数据核字(2018)第 082717 号

一个孩子的诗园

〔英〕罗伯特·路易斯·斯蒂文森 著　曾思艺 译

主管单位	山东出版传媒股份有限公司
出版发行	山东文艺出版社
社　　址	山东省济南市英雄山路189号
邮　　编	250002
网　　址	www.sdwypress.com

读者服务	0531-82098776（总编室）
	0531-82098775（市场营销部）
电子邮箱	sdwy@sdpress.com.cn

印　　刷	山东德州新华印务有限责任公司
开　　本	850mm×1168mm　1/32
印　　张	5
字　　数	90千
版　　次	2018年6月第1版
印　　次	2020年5月第2次印刷
书　　号	ISBN 978-7-5329-5634-0
定　　价	42.00元

版权专有，侵权必究。如有图书质量问题，请与出版社联系调换。